낡은 집

낡은 집

이용악 지음

한국 시집 초간본 100주년 기념판 — 바람

일러두기

1. 이 책의 텍스트는 1938년 11월 10일에 발행된 『낡은 집』의 초간본이다.
2. 표기는 원칙적으로 현행 맞춤법에 따랐다. 그러나 특별한 시적 효과와 관련된다고 판단되는 경우는 원문의 표기를 그대로 두었다.
3. 한자는 한글로 고치되, 꼭 필요한 경우는 괄호 처리 하였다.
4. 편자 주는 후주로 처리하였다.
5. 한 편의 시가 다음 면으로 이어질 때 연이 나뉘면 첫 번째 행 상단에 줄 비움 기호(>)를 넣어 구분하였다.

1

검은 구름이 모여든다

해당화 정답게 핀 바닷가
너의 무덤 작은 무덤 앞에 머리 숙이고
숙아
쉽사리 돌아서지 못하는 마음에
검은 구름이 모여든다

네 애비 흘러간 뒤
소식 없던 나날이 무거웠다
너를 두고 네 어미 도망한 밤
흐린 하늘은 죄로운* 꿈을 머금었고
숙아
너를 보듬고 새우던 새벽
매운 바람이 어설궂게 회오리쳤다

성 위 돌배꽃
피고 지고 다시 필 적마다
될 성싶이 크더니만

숙아
장마 갠 이튿날이면 개울에 띄운다고
돛 단 쪽배를 만들어 달라더니만

네 슬픔을 깨닫기도 전에 흙으로 갔다
별이 뒤를 따르지 않아 슬프구나
그러나 숙아
항구에서 피 말라 간다는
어미 소식을 모르고 갔음이 좋다
아편에 부어 온 애비 얼굴을
보지 않고 갔음이 다행타

해당화 고운 꽃을 꺾어
너의 무덤 작은 무덤 앞에 놓고
숙아
살포시 웃는 너의 얼굴을
꽃 속에서 찾아보려는 마음에

검은 구름이 모여든다

—조카의 무덤에서

너는 피를 토하는 슬픈 동무였다

「겨울이 다 갔다고 생각하자
저 들창에
봄빛 다사로이 헤어들게」

너는 불 꺼진 토기 화로를 끼고 앉아
나는 네 잔등에 이마를 대고 앉아
우리는 봄이 올 것을 믿었지
식아
너는 때로 피를 토하는 슬픈 동무였다

봄이 오기 전 할미집으로 돌아가던
너는 병든 얼굴에 힘써 웃음을 새겼으나
고동이 울고 바퀴 돌고 쥐었던 손을 놓고

서로 머리 숙인 채
눈과 눈이 마주칠 복된 틈은 다시 없었다
일 년이 지나 또 겨울이 왔다

너는 내 곁에 있지 않다
너는 세상 누구의 곁에도 있지 않다

너의 눈도 귀도 밤나무 그늘에 길이 잠들고
애꿎은 기억의 실마리가 풀리기에
오늘도 등신처럼 턱을 받들고 앉아
나는 저 들창만 바라본다

「봄이 아주 왔다고 생각하자
너도 나도
푸른 하늘 아래로 뛰어나가게」

너는 어미 없이 자란 청년
나는 애비 없이 자란 가난한 사내
우리는 봄이 올 것을 믿었지
식아
너는 때로 피를 토하는 슬픈 동무였다

2

밤

어디서 고양이라도 울어 준다면
밤
온갖 별이 눈 감은 이 외롬에서
삼가 머리를 들고
나는 마음을 불러 나의 샘터로 돌아가지 않겠나

나를 반듯이 눕힌 널판을 허비다가도
배와 두 다리에
징글스럽게 감긴 누더기를 쥐어뜯다가도
밤
뛰어 뛰어 높은 재를 넘은 어린 사슴처럼
오솝소리* 맥을 버리고
가벼이 볼을 만지는 야윈 손

손도 얼굴도 끔찍이 축했으리라만
놀라지 말자
밤

곁에 잠든
수염이 길어 흉한 사내는
가을과 겨울 그리고 풀빛 기름진 봄을
이 굴에서 짐승처럼 살아왔단다

생각이 자꾸자꾸만 말라 들어간다
밤
들리지 않는 소리에
오히려 나의 귀는 벽과 천정이 두렵다

3

연못

밤이라면 별모래 골고루 숨 쉴 하늘
생각은 노새를 타고
갈꽃을 헤치며 오막살이로 돌아가는 날

두세 잠자리
닿을랑 말랑 물머리를 간질이고
연못 잔잔한 가슴엔 나만 아는
근심이 소스라쳐 붐비다

깊이 물 밑에 자리 잡은 푸른 하늘
얼굴은 어제보다 희고
어쩐지 어쩐지 못 미더운 날

아이야 돌다리 위로 가자

냇물이 맑으면 맑은 물 밑엔
조약돌도 들여다보이리라
아이야
나를 따라 돌다리 위로 가자

　멀구* 광주리의 풍속을 사랑하는 북쪽 나라
　말 다른 우리 고향
　달맞이 노래를 들려주마

다리를 건너
아이야
네 애비와 나의 일터 저 푸른 언덕을 넘어
풀 냄새 갈앉은 대숲으로 들어가자

　꿩의 전설이 늙어 가는 옛 성 그 성 밖
　우리 집 지붕엔
　박이 시름처럼 큰단다

구름이 희면 흰 구름은
북으로 북으로도 가리라
아이야
사랑으로 너를 안았으니
댓잎사귀 사이사이로 먼 하늘을 내다보자

봉사꽃* 유달리 고운 북쪽 나라
우리는 어릴 적
해마다 잊지 않고 우물가에 피웠다

하늘이 고이 물들었다
아이야
다시 돌다리를 건너 온 길을 돌아가자

돌담 밑 오지항아리
저녁별을 안고 망설일 즈음
우리 아운 나를 불러 불러 외롭단다

—시무라에서

4

앵무새

청포도 익은 알만 쪼아 먹고 자랐느냐
네 목청이 제법 이그러지다

거짓을 별처럼 사랑하는 노란 주둥이 있기에
곱게 늙은 발톱이 한뉘* 흙을 긁어 보지 못한다

네 헛된 꿈을 섬기어 무서운 낭*에 떨어질 텐데
그래도 너는 두 눈을 똑바로 뜨고만 있다

금붕어

유리 항아리 동그란 품에
견디질 못해 삼삼 맴돌아도
날마다 저녁마다 너의 푸른 소원은 저물어 간다
숨결이 도톰도톰 방울져 공허롭다

하얗게 미치고야 말 바탕이 진정 슬프다
바로 눈앞에서 오랑캐꽃은 피어도
꽃수염 간지럽게 하늘거려도

반출한 돌기둥이 안개에 감기듯
아물아물 사라질 때면
요사스런 웃음이 배암처럼 기어들 것만 같아
싸늘한 마음에 너는 오시러운* 피를 흘린다

두더지

숨 막히는 어둠에 벙어리 되어 떨어진
가난한 마음아

일곱 색 무지개가 서도 사라져도
태양을 우러러 웃음을 갖지 않을 너건만

때로 불타는 한 줄 빛으로서
네 맘은 아프고 이지러짐이 또한 크다

5

그래도 남으로만 달린다

한결 해말쑥한 네 이마에
촌스런 시름이 피어오르고
그래도
우리를 실은
차는 남으로 남으로만 달린다

촌과 나루와 거리를
벌판을 숲을 몇이나 지나왔음이냐
눈에 묻힌 이 고개엔
까마귀도 없나 보다

보리밭 없고
흐르는 뗏노래*라곤
더욱 못 들을 곳을 향해
암팡스럽게 길 떠난
너도 물새 나도 물새
나의 사람아 너는 울고 싶구나

>

말없이 쳐다보는 눈이
흐린 수정알처럼 외롭고
때로 입을 열어 시름에 젖는
너의 목소리 어선없는* 듯 가늘다

너는 차라리 밤을 부름이 좋다
창을 열고
거센 바람을 받아들임이 좋다
머릿속에서 참새 재잘거리는 듯
나는 고달프다 고달프다

너를 키운 두메산골에선
가라지*의 소문이 뒤를 엮을 텐데
그래도
우리를 실은
차는 남으로 남으로만 달린다

장마 갠 날

하늘이 해오라기의 꿈처럼 푸르러

한 점 구름이 오늘 바다에 떨어지련만

마음에 안개 자옥히 피어오른다

너는 해바라기처럼 웃지 않아도 좋다

배고프지 나의 사람아

엎디어라 어서 무릎에 엎디어라

6

두만강 너 우리의 강아

나는 죄인처럼 수그리고
나는 코끼리처럼 말이 없다
두만강 너 우리의 강아
너의 언덕을 달리는 찻간에
조그마한 자랑도 자유도 없이 앉았다

아무것도 바라볼 수 없다만
너의 가슴은 얼었으리라
그러나
나는 안다
다른 한 줄 너의 흐름이 쉬지 않고
바다로 가야 할 곳으로 흘러내리고 있음을

지금
차는 차대로 달리고
바람이 이리처럼 날뛰는 강 건너 벌판엔
나의 젊은 넋이

무엇인가 기다리는 듯 얼어붙은 듯 섰으니
욕된 운명은 밤 위에 밤을 마련할 뿐

잠들지 말라 우리의 강아
오늘 밤도
너의 가슴을 밟는 뭇 슬픔이 목마르고
얼음길은 거칠다 길은 멀다

길이 마음의 눈을 덮어 줄
검은 날개는 없느냐
두만강 너 우리의 강아
북간도로 간다는 강원도 치와 마주 앉은
나는 울 줄을 몰라 외롭다

우라지오 가까운 항구에서

삽살개 짖는 소리
눈보라에 얼어붙는 섣달그믐
밤이
얄궂은 손을 하도 곱게 흔들기에
술을 마시어 불타는 소원이 이 부두로 왔다

걸어온 길가에 찔레 한 송이 없었대도
나의 아롱범*은
자국자국 뉘우칠 줄 모른다
어깨에 쌓여도 하얀 눈이 무겁지 않구나

철없는 누이 고수머릴랑 어루만지며
우라지오의 이야길 캐고 싶던 밤이면
울 어머닌
서투른 마우재말*도 들려주셨지
졸음졸음 귀 밝히는 누이 잠들 때까지
등불이 깜박 저절로 눈감을 때까지

>

다시 내게로 헤어드는
어머니의 입김이 무지개처럼 어질다
나는 그 모두를 살뜰히 담았으니
어린 기억의 새야 귀성스럽다
거사리지* 말고 마음의 은줄에 작은 날개를 털라

드나드는 배 하나 없는 지금
부두에 호젓 선 나는 멧비둘기 아니건만
날고 싶어 날고 싶어
머리에 어슴푸레 그리어진 그곳
우라지오의 바다는 얼음이 두텁다

등대와 나와
서로 속삭일 수 없는 생각에 잠기고
밤은 얄팍한 꿈을 끝없이 꾀인다
가도 오도 못할 우라지오

7

등불이 보고싶다

하늘이 금시 무너질 양 천둥이 울고
번갯불에 비치는 검은 봉우리 검은 봉우리

미끄러운 바위를 안고 돌아 몇 굽이 돌아봐도
다시 산 사이 험한 골짝길 자국마다 위태롭다

옹골찬 믿음의 불수레 굴려 조마스런 마음을 막아 보렴
앞선 사람 뒤떨어진 벗 모두 입 다물어 잠잠

등불이 보고 싶다
등불이 보고 싶다

귀밀 짓는 두멧사람아
멀리서래도 너의 강아지를 짖겨 다오

8

고향아 꽃은 피지 못했다

하얀 박꽃이 오두막을 덮고
당콩 너울은 하늘로 하늘로 기어올라도
고향아
여름이 안타깝다 무너진 돌담

돌 위에 앉았다 섰다
성가신 하루해가 먼 영에 숨고
소리 없이 생각을 디디는 어둠의 발자취
나는 은혜롭지 못한 밤을 또 부른다

도망하고 싶던 너의 아들
가슴 한구석이 늘 차가웠길래
고향아
돼지 굴 같은 방 등잔불은
밤마다 밤새도록 꺼지고 싶지 않았지

드디어 나는 떠나고야 말았다

곧 얼음 녹아내려도 잔디풀 푸르기 전
마음의 불꽃을 거느리고
멀리로 낯선 곳으로 갔더니라

그러나 너는 보드라운 손을
가슴에 얹은 대로 떼지 않았다
내 곳곳을 헤매어 살길 어두울 때
빗돌처럼 우두커니 거리에 섰을 때
고향아
너의 부름이 귀에 담기어짐을
막을 길이 없었다

「돌아오라 나의 아들아
까치둥주리 있는
아카시아가 그립지 않느냐
뱀장어 구워 먹던 물방앗간이
새잡이 하던 버들 방천이

너는 그립지 않나
아롱진 꽃그늘로
나의 아들아 돌아오라」

나는 그리워서 모두 그리워
먼 길을 돌아왔다만
버들 방천에도 가고 싶지 않고
물방앗간도 보고 싶지 않고
고향아
가슴에 가로누운 가시덤불
돌아온 마음에 싸늘한 바람이 분다

이 며칠을 미칠 듯이 살아온 내게
다시 너의 품을 떠나려는 내 귀에
한마디 아까운 말도 속삭이지 말아 다오
내겐 한 걸음 앞이 보이지 않는
슬픔이 물결친다

>

하얀 것도 붉은 것도
너의 아들 가슴엔 피지 못했다
고향아
꽃은 피지 못했다

낡은 집

날로 밤으로
왕거미 줄치기에 분주한 집
마을서 흉집이라고 꺼리는 낡은 집
이 집에 살았다는 백성들은
대대손손에 물려줄
은동곳*도 산호관자*도 갖지 못했니라

재를 넘어 무곡을 다니던 당나귀
항구로 가는 콩실이에 늙은 둥글소
모두 없어진 지 오랜
외양간엔 아직 초라한 냄새 그윽하다만
털보네 간 곳은 아무도 모른다

찻길이 놓이기 전
노루 멧돼지 족제비 이런 것들이
앞뒤 산을 마음 놓고 뛰어다니던 시절
털보의 셋째 아들은

나의 싸리말 동무는
이 집 안방 짓두광주리* 옆에서
첫울음을 울었다고 한다

「털보네는 또 아들을 봤다우
 송아지래두 불었으면 팔아나 먹지」
마을 아낙네들은 무심코
차가운 이야기를 가을 냇물에 실어 보냈다는
그날 밤
겨릅등이 시름시름 타들어 가고
소주에 취한 털보의 눈도 일층 붉더란다

갓주지 이야기와
무서운 전설 가운데서 가난 속에서
나의 동무는 늘 마음 졸이며 자랐다
당나귀 몰고 간 애비 돌아오지 않는 밤
노랑 고양이 울어 울어

종시 잠 이루지 못하는 밤이면
어미 분주히 일하는 방앗간 한구석에서
나의 동무는
도토리의 꿈을 키웠다

그가 아홉 살 되던 해
사냥개 꿩을 쫓아다니는 겨울
이 집에 살던 일곱 식솔이
어디론지 사라지고 이튿날 아침
북쪽을 향한 발자국만 눈 위에 떨고 있었다

더러는 오랑캐령 쪽으로 갔으리라고
더러는 아라사로 갔으리라고
이웃 늙은이들은
모두 무서운 곳을 짚었다

지금은 아무도 살지 않는 집

마을서 흉집이라고 꺼리는 낡은 집
제철마다 먹음직한 열매
탐스럽게 열던 살구
살구나무도 글거리*만 남았기에
꽃 피는 철이 와도 가도 뒤울 안에
꿀벌 하나 날아들지 않는다

꼬리말

새롭지 못한 느낌과 녹슨 말로써 조그마한 책을 엮었으니 이 책을『낡은 집』이라고 불러 주면 좋겠다.

되도록 적게 싣기에 힘써 여기 열다섯 편을 골라 넣고…… 아직 늙지 않았음을 믿는 생각만이 어느 눈 날리는 벌판에로 쏠린다.

두터운 뜻을 베풀어 제 일처럼 도와준 동무들께 고마운 말을 어떻게 가졌으면 다할는지 모르겠다.

―이용악

*

9쪽　〈죄롭다〉는 〈몹시 가슴이 아플 정도로 가긍스럽다, 불쌍하다〉의 방언이다.

17쪽　〈오솝소리〉는 〈조용히〉의 함북 방언이다.

22쪽　〈멀구〉는 〈머루〉의 방언이다.

23쪽　〈봉사꽃〉은 〈봉숭아꽃〉 또는 〈봉선화〉의 방언이다.

27쪽　〈한뉘〉는 〈한세상〉 또는 〈한평생〉의 방언이다.
〈낭〉은 〈낭떠러지〉를 뜻한다.

28쪽　〈오시럽다〉는 〈안스럽다, 애처롭다, 가련하다〉 등의 뜻이 복합된 함경도 방언이다.

33쪽　〈뗏노래〉는 〈뗏목을 타고 부르는 노래〉를 말한다.

34쪽　〈어선없다〉는 〈뒤에서 감당하여 줄 사람이나 의지할 사람이 없다〉는 뜻의 함북 방언이다.
〈가라지〉는 가라지봉이 있는 함경북도 무산 지방의 지명이다.

41쪽　〈아롱범〉은 〈표범〉을 뜻한다.
〈마우재말〉은 〈러시아어〉를 뜻한다.

42쪽　〈거사리다〉는 〈긴 것을 힘 있게 빙빙 돌려 포개어지게 하다〉라는 뜻이다.

53쪽　〈동곳〉은 〈상투를 튼 뒤 풀어지지 않도록 꽂는 물건〉이다.
〈관자〉는 〈망건에 달아 당줄을 꿰어 거는 작은 고리〉이다.

54쪽　〈짓두광주리〉는 〈바느질고리〉의 함경 방언이다.

56쪽　〈글거리〉는 〈그루터기〉를 뜻한다.

해설

이용악과 『낡은 집』

이용악은 1914년 함경북도 경성에서 태어났다. 경성은 북방의 국경 도시로서, 러시아로 가는 길목이다. 그의 할아버지는 소달구지에 소금을 싣고 국경을 넘나들며 장사를 했다. 이용악의 아버지 역시 이 일을 하다 객사한 후에는 어머니가 국수 장수, 떡 장수를 해가며 생계를 꾸려 갔다. 이용악은 일찍 아버지를 여의고 가난한 어린 시절을 보냈다.

이용악은 서울에서 경성농업학교를 다니다 중퇴하고, 1932년 일본으로 건너가 학업과 막노동을 병행하였다. 1936년에는 조치(上智) 대학 신문학과에 입학했다. 그는 유학 시절 내내 부두나 공사장 등지에서 품팔이 노동자로 일하며 극도로 궁핍한 생활을 했다. 방학 때는 귀향하여 만주나 러시아 등지를 돌아다니며 비참한 유민들의 삶을 목격하기도 했다. 이러한 고통스럽고 슬픈 체험들이 이용악 시의 바탕이 된 것으로 보인다. 한 비평가는 〈기름기 없는 살림〉으로 특징지어진 〈뼥다구만 남은 마을〉에 대한 끈질긴 관심이 이용악 초기 작품의 형성력이라고 말한다.

이용악은 1935년 『신인문학』 3월호에 「패배자의 소원」을 발표하여 등단하였다. 고달픈 유학 생활 속에서도 김종한과 함께 『이인』이라는 동인지를 발간하고, 1937년에는 첫 시집 『분수령』을, 1938년에는 두 번째 시집 『낡은 집』을 출간하는 등 활발하게 시작 활동을 했다. 1939년 유학을 마치고 귀국하여 『인문평론』의 편집 기자로 근무하면서 꾸준히 시를 발표하였다. 그러나 1942년 일제의 탄압으로 서울에서의 시작 활동을 포기하고 고향으로 피신하여 해방이 될 때까지 머물렀다. 해방 후, 다시 서울로 돌아와 『중앙신문』 기자 생활을 하는 한편, 조선문학가동맹에 가입하여 의욕적으로 활동하였다.

그러나 이용악은 조선문학가동맹의 지령에 따라 좌익 활동을 하다가 1949년 8월에 체포되어 10년 형을 선고받고 수감되었다. 1950년 6월 말 인민군 치하에서 출옥한 그는 월북하여 북한에서 활동했다. 월북 후 약 10년간은 북한 체제를 찬양하는 시편들을 발표하였으나 1960년 이후의 행적은 분명치 않다. 1971년 쉰여덟의 나이로 사망했다.

『낡은 집』은 첫 시집 『분수령』이 출간된 이듬해인 1938년 삼문사에서 발행되었다. 60여 쪽에 걸쳐 15편의 시가 실려 있는 얇은 시집으로 정가는 1원 50전이다. 시집의 끝에 붙인 꼬리말에서 이용악은 〈새롭지 못한 느낌과 녹슨 말로써 조그마한 책을 엮었으니 이 책을 『낡은 집』이라고 불러 주면 좋겠다〉라고 말한다. 두 번째 시집을 그렇게 서둘러 펴낸 까닭이 무엇인지 알 수 없지만, 시인의 겸사(謙辭)와는 달리 시집 『낡은 집』은 결코 낡은 집이 아니다. 안함광은 〈『낡은 집』 지붕 위에 핀 것은 결코 쓸데없는 버섯이라든가 웅성한 잡초가 아니라 아름다운 예술의 꽃〉이며 〈그 심장의 소리는 결코 상징적인 순수 관념의 소산이 아니라 변전무쌍한 현실적 심상을 육체화하는 데에서부터 우러나오는, 생활의 현근성(現近性)을 갖고 있다〉고 했다. 그러니까 이 시집은, 〈낡은 집〉이라는 심상으로 식민지 현실의 피폐한 실상을 인상적으로 그려내고 있다.

이용악의 시는 궁핍과 고통 속에서 살았던 시인의 개인적 체험을 바탕으로 한다. 비극적인 가족 이야기뿐만 아니라 뿌리 뽑힌 삶을 견디며 떠도는 사람들, 붕괴된 고향 마을에 대한 이야기가 구체적으로 제시된다. 표제작인 「낡은 집」도 이웃에 살다가 어느 날 가난을 견디지 못하고 북쪽으로 떠나 버린 털보네 가족 이야기를 들려준다. 그래서 이용악의 시를 〈이야기 시〉라고 말하는 사람들도 있다. 아울러 이러한 개인적 체험은 민족적 체험으로서의 보편성을 지닌다. 그의 체험은 당시 고향과 가족을 잃고 북방으로 떠돌던 비참한 유민의 삶과 직접 맞닿아 있다. 당시 핍박받던 민족적 현실의 큰 부분이었던 유민의 삶을 이용악만큼 잘 형상화한 경우는 찾아보기 힘들다.

이용악 시의 절절한 호소력은 일단 그 구체성에서 비롯된다. 궁핍과 고통의 현실을 추상적으로 노래하지 않고 구체적 정황으로 제시하기 때문에 그의 시는 정서의 환기력이 강하다. 그뿐만 아니라 이용악의 시는 궁핍한 현실을 짙은 서정성 속에서 그려 낸다. 거의 언제나 그의 시에는 서정적 물기가 흥건하다. 이용악이 자주 사용하는 유장하고 영탄적인 어조도 서정적 분위기를 강화시킨다. 그럼에도 불구하고 이용악의 시가 가벼운 감상에 떨어지지 않는 것은, 아마도 체험의 절실성 때문일 것이다. 가령 피폐해진 고향에 돌아온 심정을 고통스럽게 노래한 「고향아 꽃은 피지 못했다」라는 작품에서도 짙은 비애의 서정과 영탄의 감상적인 포즈를 만날 수 있다. 하지만 이용악은 오두막을 덮은 하얀 박꽃과 새잡이 하던 방천과 뱀장어 구워 먹던 물방앗간 같은 고향 모습을 구체적으로 회상함으로써 이 작품에 시적 긴장과 호소력을 마련한다.

시집 『낡은 집』에 실린 시 15편은 거의 모두 고통스러운 현실을 서정적으로 노래한다. 「두만강 너 우리의 강아」에서 화자는 차창 너머 두만강을 쳐다보며 민족적 현실을 괴로워한다. 또 「우라지오 가까운 항구에서」는 고향을 버리고 낯선 항구를 떠도는 화자의 회한을 노래한다. 그런가 하면 「검은 구름이 모여든다」에서 화자는 조카의 무덤에서 조카 가족의 슬픈 이야기를 들려 준다. 이러한 시들은 당시 우리 민족이 겪은 비극적 체험을 생생하게 환기시켜

준다. 한편 이러한 시들과는 약간 성격이 다른 시도 3편 들어 있다. 「앵무새」, 「금붕어」, 「두더지」가 그것인데, 이 시들은 현실을 노래하는 것이 아니라 앵무새, 금붕어, 두더지 그 자체를 노래한다. 그러나 이러한 시에도 현실에 대한 이용악의 비극적 인식은 투영되어 있다.

시집 『낡은 집』에는 비극적인 삶의 구체적 체험과 짙은 서정성이 잘 조화되어 있다. 삶의 피폐와 절망이 서정성과 결합하여 절실하면서도 격조 있는 비애로 승화되었다는 점에서 『낡은 집』은 오래 기억될 만한 시집이다.

이남호(고려대학교 명예교수)

편자의 말

한국 현대시를 대표할 만한 시집들의 초간본을 다시 출간하는 일은 과거를 오늘에 되살리는 일이라기보다는 점점 과거 속으로 사라져 가는 것에 새로운 생명을 부여하여 여전히 오늘의 것이 되게 하는 일이라고 생각한다. 한국 현대시 100년의 역사는 많은 훌륭한 시집을 남겼다. 많은 훌륭한 시집들이 모여서 한국 현대시 100년의 풍요를 이루었다고 말할 수도 있다. 그러한 시집들을 계속 살아 있게 하는 일은 시를 사랑하는 사람의 의무일 것이다.

그러나 이러한 작업은 겉으로 드러나지 않는 수고와 신중함을 많이 요구한다. 첫째는 대표 시인을 선정하는 어려움이다. 수많은 시집들을 편견 없이 재검토해야 하는 수고도 수고지만, 선정과 배제의 경계에 있는 시집들에 대해서는 많은 망설임과 논의가 있어야 했다. 대표 시인 선정 작업이 높은 안목과 보편타당한 기준에 의해서 이루어졌는지는 시간을 두고 전문 독자들에 의해서 판단될 것이다.

두 번째 어려움은 표기에 관련된 것이다. 사실 20세기 전반기의 우리 출판과 한글 표기법의 수준은 보잘것없다.

맞춤법, 띄어쓰기, 행 가름, 연 가름 등에는 혼란스러운 곳이 많고 오식으로 보이는 부분들도 많다. 그것들은 오늘날의 독자들에게 혼란과 거북함을 줄 뿐만 아니라, 작품의 이해를 방해하기도 한다. 그리고 다른 지면에 인용될 때마다 표기가 달라지는 결과를 낳기도 한다. 근대 초기의 많은 문학 작품들을 오늘날의 표기법으로 잘 고쳐서 결정본을 확정 짓는 작업이 시급하다고 할 수 있다. 이러한 생각에서 시적 효과를 지나치게 훼손하지 않는 범위 안에서 표기를 오늘에 맞게 고쳤다. 그러나 시의 속성상 표기를 고치는 일은 조심스럽지 않을 수 없다. 단어 하나, 표현 하나마다 시적 효과와 현재의 표기법 그리고 일관성을 고려해서 번역 아닌 번역 작업을 해야 했다. 이러한 작업이 원문의 분위기를 어느 정도 훼손하는 것은 어쩔 수 없었다. 또 어떻게 고쳐야 할지 판단이 서지 않는 부분도 꽤 있었다. 어쩌면 표기와 관련해서 노력한 만큼의 성과를 얻지 못했는지도 모른다. 그러나 이러한 작업의 축적을 통해서 작품의 결정본을 만들어 나갈 수 있을 것이며, 또한 오늘의 독자에게 친숙한 작품이 될 수 있을 것이다.

초간본의 재출간 아이디어를 최초로 낸 사람은 열린책들의 홍지웅 사장이다. 그분의 남다른 문학 사랑과 출판 감각 그리고 이 작업에 대한 전폭적인 지원에 존경심을 표하고 싶다. 그리고 시집 선정과 표기 수정 및 기타 작업은 이혜원, 신지연, 하재연 선생과 팀을 이루어 했다. 이분들의 꼼꼼함과 성실함에도 존경심을 표하고 싶다. 이 총서가 문학 연구자들뿐만 아니라 일반 독자들에게도 널리 그리고 오래 사랑받기를 바란다.

이남호

한국 시집 초간본 100주년 기념판

낡은 집

지은이 이용악 이용악은 1914년 함경북도 경성에서 태어나 일본 조치(上智)대학에서 수학했다. 1935년 『신인문학』 3월호에 「패배자의 소원」을 발표하면서 등단했다. 1937년 첫 시집 『분수령』, 1938년에는 『낡은 집』, 1947년에는 『오랑캐꽃』을 펴냈다. 1950년 월북하여 1971년 쉰여덟의 나이로 작고했다.

지은이 이용악 **책임편집** 이남호 **발행인** 홍예빈 · 홍유진
발행처 주식회사 열린책들 **주소** 경기도 파주시 문발로 253 파주출판도시
전화 031-955-4000 **팩스** 031-955-4004 **홈페이지** www.openbooks.co.kr

ISBN 978-89-329-2223-2 04810 ISBN 978-89-329-2210-2 (세트)
발행일 2022년 3월 25일 초간본 100주년 기념판 1쇄

초간본 간기(刊記) 인쇄 쇼와(昭和) 13년 11월 6일 **발행** 쇼와 13년 11월 10일 **반가(頒價)** 1원 50전 **저작 겸 발행인** 이용악(東京市牛込區喜久井町三四) **인쇄인** 최낙종(東京市淀橋區戸塚町一丁目二五三) **인쇄소** 삼문사(東京市淀橋區戸塚町一丁目二五三)